푸른사상
시선

73

한생을 톡 토독

공 혜 경 시집

푸른사상
PRUNSASANG

푸른사상 시선 73

한생을 톡 토독

인쇄 · 2017년 2월 28일 | 발행 · 2017년 3월 5일

지은이 · 공혜경
펴낸이 · 한봉숙
펴낸곳 · 푸른사상
주간 · 맹문재 | 편집 · 지순이, 홍은표 | 교정 · 김수란

등록 · 1999년 7월 8일 제2-2876호
주소 · 경기도 파주시 회동길 337-16(서패동 470-6) 푸른사상사
대표전화 · 031) 955-9111(2) | 팩시밀리 · 031) 955-9114
이메일 · prun21c@hanmail.net / prunsasang@naver.com
홈페이지 · http://www.prun21c.com

ⓒ 공혜경, 2017

ISBN 979-11-308-1081-2 04810
ISBN 978-89-5640-765-4 04810 (세트)

값 8,800원

한생을 톡 토독

듣다
인 듯 아닌 듯
한 모롱이 돌아서니

환하다

2017년 봄을 기다리며
공혜경

| 차례 |

제2부 소라처럼

제3부 길 하나씩

제4부 홀씨

제1부

양재천 가에서

또 한 걸음

휠체어에서 내린다
보조기에 기대서
걷는 연습을 한다
반백의 그가
겨울 햇살을 등받이 하며
기인 제 그림자를 밀고 간다

지팡이 없이 걷는다
오디가 까맣게 익어가고
댕댕이덩굴이 오르다가 돌아본다
앞바람을 밀어 내면서
그가 내딛는다
또

손금

쥐었다 펴보니
고스란히 있네
물억새도 갯버들도
콩새도 물까치도
버들붕어가 개여울을 깨우고
인동초 어린 순에 솜털이 보풀고
물오른 날들이
중지 끝까지
생명선을 끌어올리고 있네
화르르 꽃들과 햇순들이

매화꽃

살 살얼음꽃

쟁그랑거리네
은빛 소리들

찔레꽃

빨간 열매
몇 알 빼꼼히
내다본다 함박눈
속에서
해탈한 듯

무궁화꽃

어디로 가서 또 피려는지
자신을 말아 감고서
벙글은 꽃망울처럼
봉오리
봉오리가 되어
떠나고 있다
떠가고 있다

왜가리

긴 다리 담근 채
꼼짝 않고
냇물만 보고 있다
또 한 마리 내려와서
긴 목을 외로 꼬고서
미동도 없이 물속에 서 있다
갈대들이 슬그머니 몸을 뉘이고
물풀들도 뽀그르 귓속말을 띄우고
구름 한 자락 오다가
멀리 돌아서 간다

토끼

비둘기 까치들 틈에서
딩굴며 놀다가
집토끼 한 마리
산책길에 나와서
쫑긋거리며 안다는 듯
피하지 않는다
해마다 털색이 꺼칠해지고
올해 두어 번 봤는가
늘 혼자여서
궁금한

참새들

가시 덤불 속속이
박혔다가
한꺼번에 날아간다
쥐똥나무들이 화들짝
깨어나 길 터주고
수양버들이 가늘은 눈을
뜨고 헤실거린다
덩달화 옥잠화도 향기를
폭폭 피워내고
늦은 오후가 다시
길게 늘어진다

장끼

선홍색의 벼슬 탱탱히

튕기면서

오만까지도 현란하게

빛내면서

가로 질러가는

약관의

저 도도한

어치

참나무에 앉았다 어치가
겨울 가지에 잎처럼 있다가
몸 동굴려서 열매처럼 있다가
얼어버린 듯 꿈쩍 않다가
맞바람 치는 겨울 속으로
날아가버렸다
뚫리는 소리

겨울이
살살 녹아 내린다

참매의 조언

높은 데서 바닥으로 뛰어내려라
날기 위해서
바람을 탈 줄 아는 나이가 되면
맘껏 날아가라
스스로 깨달아야 하니까
자유로이 날다가 멈춘 채
세상을 내려다보라

네가 있으면
네가 보이면

된 것이다

가족들

청둥오리 새끼가 물풀들
사이사이에서 대똥거리며 나온다
물살이 터준 물길 따라
쏙 쏙 머리 내밀며 나온다
바람도 몸 기울여
살풋 등 떠밀어준다
어미 뒤를 따라 동동동
일곱 마리가 동동 동동

길

청솔모가
느릅나무에서 낙우송으로
회화나무에서 목백합나무로
가지에서 가지로
길을 내며 간다

나도 물푸레나무를 지나
메꽃 덩굴을 지나
맥문동 열매를 지나
징검돌을 건너간다

길 하나 길 둘을
만들며 간다
지우며 간다

여운

박새 세 마리가
골짜기에서
물 마시다가
깃 털다가
오르내리더니
동시에 날아가버린다

여뀌와 달개비가 까치발로
하늘길을 올려다보고
허공 한 줄기가 아물면서
그림자 몇 개
느릅나무 가지에
걸어둔다

외손가락

어제 내린 비로
물웅덩이 생겼네
한 마리 벌레가 허우적거리고
마침 버들잎이 떨어져 걸쳐지니
몇 번을 나동그라지다가
줄 타듯 빠져나오네
쉼 없이 갈 길 가다가
길섶으로 아주 들어가버리네
물텅이 그 속에
치켜든 외손가락이 보이네

꽃받침

지난해 꽃잎들을 받쳐주던
겨우내 꽃처럼 머물다가
새순이 나면서 슬며시 떨어져 내린다
자리 내주고 봄비에 떠나가는
꽃길이다
반짝이며
돌아들 가는
조용한 귀향이다

때

남았던 빗방울이
떨어지는 사이
내려앉는다 가벼이
나선형을 그리며
지금이 가야 할
때라고
회화나뭇잎
하나
길을 나선다
이른 아침에
선선히

허물을 벗다

매미가 매끄럽게 탈바꿈한다
허물과 몸통 사이
껍데기와 나 사이
탄탄한 껍질을 벗어나서
꿈을 좇아 나온다
벗은 허물 내어놓고
홀로 떠나 와서
바람에 씻으며
솔향에 귀 열며
비스름히 되어간다

범람 후에

징검다리와 산책로가 드러났다
등걸에 걸려 있는 검불에서
풀씨들이 한 무더기 눈을 뜨고 있다
뿌리째 뽑힌 나무가 통째로 비어가고
키 큰 풀들이 아직도 쓰러져 있다
퇴적 더미엔 새들이 모여 들고
녹음은 더 깊어지고
햇살이 쏜살처럼 쏟아졌다
열매들이 서둘러 익어갔다

징검다리

학생들 여럿이 뛰어서 건너온다
노인이 두 발 모아 한 걸음
또 모아 한 걸음씩 건너간다
젊은 남녀가 손잡고 경중경중 건너고
어린 손주와 할아버지가 중간에서
냇물을 내려다보고
징검돌이 으쓱하고
개울이 순간 반짝이고
한낮 가로등이 씨익 웃는다

만남에 대하여

부전나비 속에 들국화가

국화 속에 가을 하늘이

하늘 속에서 샛바람이 불어 나온다

무지갯빛으로

오방색으로

세상은 돌아가고

서리 맞은 잎새가

속으로 기울고

혼자서 가는

소리 보인다

어울리다

산사나무 빨간 열매
가지가 휘어지도록 달려 있다
오목눈이새가 앉아서 갸웃갸웃
웃자란 강아지풀들이 발치를 내려다보고
꽃댕강꽃 속에서 가루투성이 꿀벌들이 기어나오고
쑥부쟁이 보라 꽃들에
청색팔랑나비가 살랑 돌아다닌다
깜장긴꼬리나비가 방금 날개를 접고

너털웃음

발 앞에 잣송이가 굴러떨어졌다
실하게 여문 햇잣 맛이
입안 가득 잣 향기가
고소하게 찰지게 씹힌다
그 자리에 놓고 슬쩍 물러서니
쉬잇!
주춤하던 다람쥐가
잽싸게 내려와 송아리를 들고
경사진 턱을 올라간다
잣나무가 너털웃음을
고추잠자리 짝지어 맴돌고
갈잎이 사그락 떨어져 내린다

해볼까

잎 다 떨군 맨 꼭대기
새 한 마리 앉았다
날아가고
한번 앉아볼까
무거운 몸뚱이
중심 잡을 수 있는지

물속만 보고 있다 겨울새가
순간 낚아채는 먹잇감
개울에 담가볼까
단번에 집어낼 수 있는지
저 미끌한

제2부

소라처럼

소라게

파도에 밀리다가
거품 물고서
모래톱 사이 발발거리며
세상 다 돌았다는 듯
소라 속으로 쏘옥 들어간다
소라도 아닌 것이
소라처럼
평생을
내가?

늦가을

절벽에 걸터앉아
늦가을 산을 듣고 있다
죽비처럼
등 뒤를 갈기는
소나기 소리
를 보고 있다

하룻밤의 출가

울산바위가 서늘하게 서 있다
꼭대기에 보름달도 와 있고
고요가 푸르게 내려앉는다
한 걸음 물러앉으니 비어 있다
나도 없고 너도 없고
누군가 오늘 밤
청풍에 씻나 보다
하늘 문에 드나 보다

선재길 따라

튕겨진 돌멩이가 계곡에 떨어지고
살얼음이 깨지면서
맴돌던 단풍잎이 함께 갑니다
금강교쯤 나를 두고 갑니다
잎이 되어
흘러서 가벼이
가다가 어느 고비에서
작은 물살에 걸려
또
돌고 있을지도 모르는

자드락길에서

능강계곡을 거슬러 올라서니
숨차게 올라온 길 보이지 않고
멀리 월악산 산맥들이
섬처럼 떠 있고
사이사이 청풍호수가
눈 시리게 빛나고
산도 물도
발아래 있더니만
순간 위에 더 높이
닿지 않는 곳에 있더이다

직소폭포

길을 잃었다 내변산에서
칡넝쿨 늘어진 벼랑 끝
정수리에 떨어지는 물 폭탄 소리
봉래구곡 한 굽이에서
벼락 치는 소리
직소의 소리를 들었다
보지 않고서도
알아들었다고
청솔에게 귀엣말을

소돌에서

해당화 만발하던
뛰놀던 모래터는 간 데 없고
소돌을 돌아 돌아 부딪는 물길은
갈 듯 말 듯 머뭇거리고
뜨끈한 곰치 한 사발 훌훌 넘기니
칼칼하게 목 잠겨오는 어릴 적 친구들
내 발길도 어디쯤에서
돌려야 하는지
서성거리고

나는야

삼륜차에 이삿짐 싣고서
개천을 건너 밤나무골을 외로 돌아
양지바른 고향집으로 간다
다 떠나고 홀로 있는 빈집
떠안고 살아온 짐들 내려놓고서
아궁이에 불 지피고
푸욱 한 숨 쉬러 간다
까짓 소한 칼바람쯤이야
고단했던 날들까지
훠이훠이 날려버리며
봄날을 향하여 단숨에
달려서 간다

놓지 않았네

오르막 내리막을
숨가쁘게 멍울지도록 달렸네
고갯마루 그늘에
털썩 주저앉아 쉬려는데
나던 소리들 뚝 끊어지고
햇발까지 출렁 물러서더니
나를 훑어보고 있네
느티재를 내려서니 깊은 산속에
수수밭들이 자줏빛 이삭들이
휘이휘이 바람을 흔들고
새떼들이 와르르 날아가버리고
텅텅 비어가는 능선 따라
고요가 까무룩 기대어 눕네
푸르른 해오름을 찾아
나는 또 나서려 하네 늦은 길을
섶다리 건너 숲머리 쪽으로
손을 놓지 않았네

꿈 1

천년새 콘도르가 되어
레바논의 백향목 가지에 앉았다가
안데스로 날아가
콜카캐니언 따라 비행해볼까
잉카인들의 조상과 함께
가장 높이 떠서 자유로이

케아 앵무새가 되어
뉴질랜드로 날아가
바위산에서 평생을
척박하지만 말랑하게 살아볼까

아니면 천 년 만에 피어난
실레네 스테노필라처럼
물매화 꽃이 되어
단 한 송이라도
피어날 수 있을까
아주 작은 행성에서
수만 년 후에

꿈 2

보아구렁이 속 코끼리를 알아본다면
빈 상자에서 한 마리 양을 볼 수 있다면
알파고 시스템에 인류 문제가 보인다면
소통하며 함께 살아갈 수 있을까
어린 왕자처럼 서로 길들여가면서
여우의 말처럼
길들인 것에 책임을 느끼면서

* 생텍쥐페리의 『어린 왕자』에서

꿈 3

달빛이 있는 강물처럼
은밀하게 들어왔다
젖은 물풀의 향기로
밤새도록 붓질하더니
모시나비 한 마리
허공을 열고 날아 나간다
'외출 중'이라고
꿈이 팻말을 걸어놓고
돌아갔다

제3부

길 하나씩

색스럽게

점묘법을 써보라

아주 색스럽게

한 생애를

토독 토독 톡톡

가볍게 아니 무겁게

그리고

모호하게

시

생짜도 아니고
셔 꼬부라지지도 않고
마악 발효 시작한
'아삭'
맛 들어 있네

사과꽃

향기가
비올라 음처럼
숨결 하얗게
하들하들

콩꽃

큰 잎새들 사이
자주색의
콩알만 한
부전나비 모양의
콩꼬투리 조르르 달린 곁에서
화하게 연보랏빛으로
차르르 햇살을 끌어내린다

풍등

지천으로 피어 있는 도라지꽃들
봉오리들이 터지기 직전이네
밤하늘에 띄워 올린
풍등들이 내려와
작은 꽃등이 되어 있었네
하나하나 불 밝히며
길 하나씩 열고 있네

수채화

동백꽃과 동박새
그리고 선운사
도솔산이 깊어진다
푸르게
안개비 속으로

고향

군불 때는 콩깍지 소리
억새 소리 스산한
달 없는 밤
남아 있는 감 몇 개
떨어지는

뭉클한

외딴집

나루터의 빈 배
그만 출렁이게나
아직 뜨지 못한
미루나무집
흔들리고 있다네
무시루떡 찌는 냄새
돌고 돌아
되돌아오는데
혼자 남은 외딴집
깨진 외등이
제 그림자 찾고 있네

섬

팔순이 넘은
여섯 분이
물질하고 있다는
여덟 채의 지붕들이
머리 맞대고 있는
뱃머리 돌 적마다
기웃이 내다보고 있는

섣달 그믐밤

환히 보인다
대낮처럼
해가 갈수록
투명해진다

겨울은

가로등도 어둡다네
발자국 소리도 크게 들리고
불빛마저
골목으로 숨어버리고
겨울은 뒷모습으로 와서
산처럼 있다가
순간
정면으로 돌아서는
아!
눈부신 얼음 소리
새파란

청산도

산
꼭대기부터
다랭이 논들이
억새와 봉분들이
구들장 논 밑으로 샘물 소리
김밭과 만나서 물 잦는 소리
가시나무와 곰솔과 후박나무 사이
코스모스와 몽돌들 사이 돌길 따라 황톳길 따라
층 층 이
층 층 이

농부와 화가와

밭고랑을 고르다가
그림 그리지 마소
매일 다릅디다
칠십 년 동안 하루도
같은 날이 없더구면

저 소나무도 말합디다
날마다 봐도
내가 늘 다르더라고

그래서 그리지요
오늘 칡꽃 새롭고
내일 망개 열매 반갑고
매일 그려도
똑같지 않으니까요

이명

모래톱으로 물 가라앉는 소리
몽돌 사이로 빠져나가는 소리
바다로 가는 소리
철썩이며 밀려오는 소리
덮쳐오는 소리

미천골

공중에서 그림 한 점이
주루룩 족자 하나가 내걸렸다
골골마다 허옇게 쏟아져 내린다
거침없이 콸콸 목청 높이는
너와
돌아보면서 올라가는
나와
자리에서 꿈쩍 않는
너럭바위와
두루루 말려서
무성한 수풀 속 바람결에 맡겨진다
젖은 산 내음이 차곡히 내려 깔린다

제4부

홀씨

천지

바람꽃들과 안개비 사이
하늘로인지 지상으로인지
돌아들 가는 돌아들 오는
환하게
햇덩이 안고
천지가 일어선다

그랜드 캐니언 1

허…… 허

허공이어라

그랜드 캐니언 2

나일 강에서 만났었나
만나서
콜로라도 강을 함께
가고 있네
협곡에 몸 띄우고
까마득히 떠 가다가
어디서 또 스치게 되나
서로의 무엇이 되어

신발 1

아우슈비츠 수용소

대형 유리관 속에

신발들이 탑처럼 쌓여 있다

서너 살배기부터

운동화 구두 샌들 실내화까지

형광등 아래 색바래고 있다 잿빛으로

멈춘 시간들이 고스란히 삭고 있다

높은 울타리 전기 철조망 사이로

노오란 민들레

홀홀

홀씨 몇 개 날리고 있다

신발 2

긴 세월 널 끌고 다녔네
산뜻하게 때론 다 닳도록
가도 제자리
돌아가도 그 자리
나갈 길이
나아갈 길이 보이지 않을 때
먼저 내 발이 보이네
이젠 날 데리고 가려 하네
발을 들이밀라고 신으라고
역한 냄새까지 끌어안고서
가네 가자 하네

신발 3

구천동 물가에
한 켤레 신발
벗어놓고 갔네
나도 가고 싶네
햇볕에 벗어두고
맨발로

흰 바위 건너 건느며
물색에 비추어 보면서
깨끗한 바람의 소리
만나러
떠나고 싶네

을지전망대에서

매봉 운봉 박달봉

봉우리에 점 찍고

북방한계선 군사분계선 남방한계선

뛰고 넘고 숨차게 달리다가

순간

캄캄해지는 망원경

속

세상으로

운주사 가는 길
조약돌 부처 주먹만 한 부처
돌 두 개 올려놓고
돌 세 개 쌓아놓고
산문을 나오는 길
단풍나무 부처 이팝꽃 부처
곤줄박이 부처 낮달 부처
부처투성이 세상으로
등 떠밀려 나왔다

백담사에서

한밤중 경내를 돌아가는 도량석 소리
신새벽 삼계를 깨우는 범종 소리
쓸어내는 이 아침 비질하는 소리
어제는 큰 산이더니
헛꿈이었나
배롱나무 위 하얀 그믐달
부처 눈을 하고서
지그시

비자림

아득히 올려다본 가지들
서로 굽어지고 휘어져서
긴 세월 풀어내고
이끼 낀 아름드리 사이
빛살이 내려와서
짙푸르게 서 있느니

누구의 손길로 심어졌는지
비자나무들
숲내는 젖어서 품 더욱 선선한데

지금 이 자리에서 스치는
인연
실바람 한 점이었네

선산

조상을 두고 갈 수는 없다고
이끌려 떠났던 김 영감이 돌아온다
노 젓는 소리 물 잣는 소리
잠긴 마을 위를 지난다
장기 두던 정자를 지나
구멍가게를 지나
살던 집터를 돌아
섬이 된 선산에 묻힌다
잉어가 솟구쳐 올라 둘러보고
수초 사이 둥지를 튼 물새가
몸 낮춰 귀 기울이는

벽 1

수은과 납과 크롬과 욕망을
슬쩍슬쩍 버렸다
등이 굽거나 눈 하나 있는
물고기가 떠올랐다
올림픽대교에 가등이 켜지고
열대야를 피해 사람들이 강가로 나왔다
폭주족들이 굉음을 내고 달려오고
강의 소리는 점점 들리지 않았다
강둑의 연인들은 중금속처럼
단단한 약속을 다지고
유람선이 꽃뱀처럼 헤저어 갔다
밤이 강 밑으로 먼저 가라앉았다

벽 2

비린내가 쇳내가 난다고 했다
자꾸만 손이 떨려오고
비누칠한 손가락 사이로
냄새가 미끌거린다 빠져나간다
하수구 속으로 캄캄하게
내려가다가 다시
올라오는 냄새
풍기며 살아온 냄새
킁킁거리며

빈 주머니에

육교에 올라서니
얇푸름한 달이 이마에 걸리다
빈 주머니에 들어와
마음 한 자락 넘겨주고
천연스레 떠올라 있는
낮달

서막

시간차로 던져 올리고
엇박자로 받아 내리고
순간 아슬히
놓쳐버렸다 곤봉을
떨어지는 소리들
낭자하다

이미 나와버린 수문장
놓쳐버리고
골문 안으로 들어가는 공
철렁.
이쪽과 저쪽의
분명한

뮤지컬처럼

배역들이 다 퇴장한다
치매 노인 역을 했던
빨간 쉐터의 그녀가
한 줄기 희뿌연 조명을 받고 있다
혼자 남은 무대에서
불 꺼진 객석을 향해
관객이 다 나갈 때까지
지켜보고 있다 무표정하게
돌아가는 우리들을
우리들의 뒷모습을

트라이앵글

첼로와 바이올린 사이
바순과 오보에 사이
숨 고르고 있다
축제의 열꽃들을
내·리·고·있·다

외과병동

티슈를 대고 만진다
접이식탁 물컵 약까지도
결핵성 늑막염으로 입원한 그녀
5인실 누구와도 눈 한번 마주치지 않는다
쩌든 환자복을 갈아입지도 않는다
학생 때의 하얀 실내화를 신고서

지하철에서 우연히 보았다
티슈로 손잡이를 말아 쥐고서
두리번거리다가
뒤칸으로 가버리는 그녀
새하얀 실내화를 신고서

엄지와 검지 사이

발가락뼈가 부러졌다
반 깁스의 날들이 뚜걱거리며 갔다
런던 올림픽이 열렸다가 끝났고
태풍 볼라벤과 텐빈이 휩쓸어 갔고
여수 박람회가 폐막됐다
대선 선거전으로 시끌하고
독도 센카쿠 열도 문제가 쟁점화되고
중동에선 모하마드 모욕죄로
서구에 반기를 들고

붙기 힘든 부위라더니
엄지와 검지 사이
7주 만에 붙어버렸다
아주 완전히

아버지

깊은 그믐밤
거나하게 술 걸치고
징검다리 건너시다가

빨래방망이 소리가 나는 거야
한복 입은 새색시가 건너편에서
소름 돋았지 머리 쭈뼛하고
귀신이면 물러가고
사람이면 게 섰거라 소리쳤지
가면 거기 있고 또 가도 거기 있고

동틀 무렵
니 아버지 들어오시는데
물 첨벙이더라

젊은 시절의 객기 즐기시던 아버지
저세상 가셨으니
환갑도 되기 전에

시에나에서

호마치 씨의 콧날과

어울리는 비탈길 따라

12세기의 마을로 들어선다

녹색 덧문과

반들거리는 청동 문고리를 지나

갈색 집들을 지나

붉은색의 캄포 광장에 선다

궁전과 높은 시계탑을 돌아

좁은 뒷길로 들어서니

빛보다 그늘이 많은 꼬불한 길들

담벼락에 내걸린 제라늄 꽃과 외등들

수공예 양초와

팔리오 축제 소품들을 파는 골목 가게들

중세와 현세가 공존하는

한 점의 서정시, 그 위엄

장석원

시의 빛을 본 듯하다. 모퉁이를 돌아선 듯하다. 지나간 모든 것들이 휘발하고 있는 중이다. 3차원의 현실에서 다른 차원의 기억으로 변전하는 것들을 응시하는 시인의 맑은 얼굴이 보인다. 푸가의 검은 음처럼, 건반에 닿는 피아니스트의 손가락 끝에서 퍼져 오르는 검은 선율의 흐느낌처럼, 우리의 손을 잡고 다른 세계로 잡아끄는 시인의 육성이 햇살과 바람이 튕겨낸 바람의 핏방울이 되어 천천히 부상한다. 공혜경의 시집 『한생을 톡 토독』을 여는 순간, 우리는 신인상파의 점묘화 같은, 작고 단단한, 하나와 다른 하나들이 거대한 하나를 향해 나아가는, 강렬한 풍경을 목도하게 된다. "공중에서 그림 한 점이/주루룩 족자 하나가 내걸렸다/골골마다 허옇게 쏟아져 내린다/…(중략)…/젖은 산 내음이 차곡히 내려 깔린다". 「미천골」의 풍경을 시인은 "그림 한 점"으로 펼쳐낸다. 우리는 지금 미천골이라는 그림 한 폭을 보고 있다. 골짜기가 되어 골짜기 속으로 쏟아져 내리는 골짜기 '너'와 그 골짜기를 올라가는 '나'가 "두루루 말려서/무성한 수풀 속 바람결에 맡겨"져 있다. 일필휘지의 그림, 그 풍경을 그려내는 시인의 마음이 닿은 곳은 격정에 달아올라 가쁜 숨 끝에 도착한 정상이 아니다. 시인은 "젖은 산 내음"을 맡다가 중간에 길을 끊어내고, 가만히, 뒤를 돌아본다. 저기에 미천골이 있다. 시인은 혼연(渾然)의 자연을 가슴에 담고 숨을 죽이고 낮은 목소리로 말한다.

> 참나무에 앉았다 어치가
> 겨울 가지에 잎처럼 있다가
> 몸 동굴려서 열매처럼 있다가
> 얼어버린 듯 꿈쩍 않다가
> 맞바람 치는 겨울 속으로
> 날아가버렸다
> 뚫리는 소리
>
> 겨울이
> 살살 녹아 내린다
>
> ― 「어치」 전문

풍경 속의 정물 '어치'가 날아가자 그림이 "녹아 내린다". 공혜경의 화법, 세계를 점 하나로 응축시키기. 점묘화를 연상하게 한다. 물감 방울 하나를 세계를 향해 투척하는 시인의 결기. 날아간 물감 방울이 세계라는 순백 화폭에 닿아서 생긴 그림 속에 어치가 앉아 있다. "잎처럼" 또는 "열매처럼 있다가" 훌쩍 날아간 어치, 어치가 만든 파동. 여기에 "뚫리는 소리"가 있다. 허공의 파문 때문에 발생한 풍경, 그 속에 가슴이 구멍난 시인이 이젤처럼 서 있다. 시인의 가슴을 뚫고 지나간 어치, 어치가 부숴버린 빙결의 겨울. 부동하는 풍경과 정지한 사유의 경계를 '어치—돌멩이'가 얼음장을 깨듯 타격한 후, 고드름이 '겨울—정물'의 세계를 일격으로 깨버리듯, 하나의 철환(鐵丸)이 우리에게 다가온다. 그것을 시인은 어치라고 부르고, 우리는 그 어치를 공혜경의 시라고 칭한다. 공혜경이 그려낸 적요한 자연을 본다. 그녀의 그림 속에는 펼쳐진 진경산수가 없다. 이 그림은 엉겨 굳는다.

> 큰 잎새들 사이
> 자주색의
> 콩알만 한
> 부전나비 모양의
> 콩꼬투리 조르르 달린 곁에서
> 화하게 연보랏빛으로
> 차르르 햇살을 끌어내린다
>
> ―「콩꽃」 전문

　"자주색의 콩알만 한" 콩꽃이 "차르르 햇살을 끌어내"리는 광경. 작은 콩알로 초점화하는, 자연을 콩알 하나로 치환하는 시인. 콩꽃이 햇살을 잡아당겨 흡입한다. 콩꽃에 고여드는 햇빛, 콩꽃이 빨아먹은 햇빛은 잎잎으로 뻗어나가고, 콩잎은 지금 빛나는 아기 손바닥. 옹알이처럼 파고드는 콩꽃의 흔들림. 햇빛으로 만든 작은 콩꽃이 단단해지면 자주색 콩알이 될 것이다. 꽃은 지금 콩알을 품고, 새 생명을 길러내는 중이다. 사람이 정자와 난자가 결합한 콩알 같은 수정란에서 시작되듯, 한 생명을 한 알에 압축하는 자연의 순리, 이것을 공혜경은 허공에서 도려낸다. 지금 공혜경은 그림 한 점을 그렸을 뿐이다.

살 살얼음꽃

쟁그랑거리네
은빛 소리들

—「매화꽃」 전문

　선시 같은, 하이쿠 같은 시. 이미지즘의 극점에 도달한 시. 그리고 정신주의적 면모까지 생각하게 하는 시. 매화꽃의 발화를 번역해낸 시. 매화꽃은 '쟁그랑거리는 은빛 소리'이다. 사유를 중단시키는 정지의 순간을 영원으로 고정시키고 발화(發花)한 매화. 은빛이 쏟아지고, 땅을 디딘 매화의 숨소리, 서리처럼 쟁그랑거린다. 서해의 북서풍에 떠밀려온 구름이 날려 보낸 눈가루 구름 틈 사이 햇빛에 부유하면서 쇳가루처럼 반짝거리던 변산 내소사, 경내를 휘감던 정오의 고요가 떠오른다. 공혜경의 시에 칼처럼 박힌 은빛 풍경(風磬) 소리 뒤 흐드러진 매화를 본다. 우리가 겨우 발견한 매화. 시인이 내뱉은 날숨 같은 매화가 공중에 매달려 있다. 왜 시인은 머뭇거렸을까. 왜 "살얼음꽃"이라고 하지 않고 "살 살얼음꽃"이라고 표현했을까. 부사 '살살'일까. 알지 못하게 살그머니 개화하여 만발에 이른 매화를 발견했기 때문일까. 살얼음처럼 깨지기 쉬운 매화이기 때문에 '살얼음'의 '살'을 더듬거리며 반복한 것일까. 살얼음은 '살짝' 밟아도 깨지는데, 그처럼, 시선이 닿기만 해도 푸석 부서질 것 같은 꽃이라서 '살얼음꽃'일까. 아니면 아기의 맨살처럼 작고 하얀 꽃을 만지고 싶다는 욕망이 발현된 '살'일까. "살 살얼음꽃"의 호흡 단절이 불러오는 의미의 돌연한 변이 가능성이 점프하는 양자(量子) 같다. 매화의 몸, 꽃나무의 육체가 거기에 있다. 보기만 해도 '은빛 소리'를 타전하는 겨울 속의 봄꽃이 우리를 부른다. 매화를 '봄'으로써 우리는 겨울이 잉태한 봄을 세상으로 불러낸다. 공혜경이 빙화(氷畵)에서 캐낸 매화를 만진다. 차갑고 뜨겁다. 침묵이고 함성이다. 공혜경의 시가 그러하다.

> 향기가
> 비올라 음처럼
> 숨결 하얗게
> 하들하들
>
> ──「사과꽃」 전문

열여덟 음절로 구성된 시. 사과꽃잎 열여덟을 센 듯하다. 아니, 사과꽃 열여덟 송이를 본 것이다. 아니, 사과꽃 열여덟 송이가 들려주는 비올라 음 열여덟, 음표 열여덟. 소리와 모양이 일치되었다. 향기가 음이 되고, 그 음이 귀로 들어가 심장을 지나 숨결이 된다. 사과꽃이 작은 숨을 쉬고, 비올라가 하얀 음을 탄

주한다. 우리는 공혜경의 꽃잎 한 점, 사과꽃 하나, 비올라 음 하나가 "하늘하늘" 숨 쉬는 광경 속에 들어왔다. 자음 'ㅎ' 프로조디의 경쾌가 시의 악센트를 구성한다. 온몸의 감각이 점 하나로 변한다. 경이이다. 감각이 인식으로 전환되고, 인식이 미적 체험이 되고, 그 혼신의 체험이 영원으로 응고된다. 구체와 추상이, 영혼과 육체가, 있음과 없음이 뭉뚱그려진다. 경계가 사라진다. 음절 열여덟에 녹아든 이 세계를 무엇이라고 불러야 하는가. 김수영이 조르주 쇠라를 거론하면서 「거리 1」에서 "나는/나의 눈을 찌르는 이 따가운 가옥과/집물과 사람들의 음성과 거리의 소리들을/커다란 해양의 한 구석을 차지하는/조고마한 물방울로/그려보려" 한다고 했던 장면을 연상시키는 공혜경의 시, 그 의지의 힘. 우리는 공혜경의 맑은 정신이 응결시킨 하나의 점, 그 구극(區極)의 점을 바라본다.

> 쥐었다 펴보니
> 고스란히 있네
> 물억새도 갯버들도
> 콩새도 물까치도
> 버들붕어가 개여울을 깨우고
> 인동초 어린 순에 솜털이 보풀고
> 물오른 날들이
> 중지 끝까지
> 생명선을 끌어올리고 있네
> 화르르 꽃들과 햇순들이

— 「손금」 전문

살아 있음의 환희가, 비릿할 정도의 그 향이, 뜨거운 생명의 아름다움이, 살아 있는 모든 것들의 "물오른 날들이/중지 끝까지" 전해진다. 공혜경은 대지에 뿌리를 내리고, 푸른 싹 같은 언어를 틔워 올린다. 그녀는 '어머니-나무'이다. 시인의 몸에서 땅 쪽으로 뿌리가 뻗어 나간다. 도약하는 생명의 힘을 그러쥐고서 겨울을 견뎠다. 봄이 되어 "쥐었다 펴보니" 생명들이 "고스란히 있"다. '물억새, 갯버들, 콩새, 물까치, 버들붕어, 인동초'가 살아난다. 봄이 겨울에 붙들린 '개여울'을 흔들어 깨운다. 인동초의 어린 순이 갈라지고, 우리 몸의 솜털이 부푼다. 손가락 끝에서 새순이 돋는다. 중지 끝 초록 손톱이 길어진다. 손바닥의 손금 전부가 생명선이 되어 세계로 뛰쳐나간다. 손금 전부가 푸른 잎새가 된다. 시인의 몸은 대지의 물을 끌어올리는 기둥. 시인을 통과하여 나뭇잎으로 전화(轉化)하는 흙의 기운. 따스한 엄마가 길러낸 어린 아이들. 이 출렁임을 물질적으로, 육체적으로 감각할 수 있게 하는 단어 '화르르'. 이 강세 때문에 생명의 아름다움으로 우리 몸에 푸른 불꽃이 '화르르' 붙는다. 초록 화염에 온몸이 불태워진다 한들 어떤가. 공혜경의 시가 마침내 폭발하여 초록 생명을 흩뿌린다. 공혜경의 시는 생명을 품고 있는 한 알의 씨앗이다. 붉은 피 한 방울이 여기에 있다. 시인이 우리의 꿈속으로 들어온다. 우리를 다른 세계로 데려간다.

　달빛이 있는 강물처럼
　은밀하게 들어왔다
　젖은 물풀의 향기로

밤새도록 붓질하더니
모시나비 한 마리
허공을 열고 날아 나간다
'외출 중'이라고
꿈이 팻말을 걸어놓고
돌아갔다

—「꿈 3」 전문

그리하여 우리는 시의 "오르막 내리막을/숨가쁘게 멍울지도
록 달"려 "주저앉아 쉬려는" 공혜경을 만나게 된다. "나던 소리
들 뚝 끊어지고/햇발까지 출렁 물러서"서 "나를 훑어보고 있"다
고 말하는 시인. 우리가 오늘 만난 시인 공혜경이 나아갈 길을
우리는 알게 되었다. 시인은 "푸르른 해오름을 찾아/나는 또 나
서려 하네 늦은 길을"(「놓지 않았네」)이라고 다짐한다. 한 방울
의 혈액이 움직이기 시작한다. "지천으로 피어 있는 도라지꽃
들/봉오리들이 터지기 직전"의 끓어 넘치는 긴장을 품고 "하나
하나 불 밝히"는 "작은 꽃등"이 "길 하나씩 열고 있"(「풍등」)는 지
점을 통과한다. "대형 유리관 속에/신발들이 탑처럼 쌓여 있"는
"아우슈비츠 수용소" "높은 울타리 전기 철조망 사이"에 뿌리를
내린 "노오란 민들레"(「신발 1」)의 홀씨처럼, 공혜경의 한 점 핏
방울이 허공을 짜개면서 우리에게 다가온다. 공간과 시간이 왜
곡되고, 압축되고, 드디어 개변(改變)한다. 피아가 구별되지 않
는 일원(一元)의 세계가 열린다. "고요가 푸르게 내려앉는" "울산
바위" "꼭대기에 보름달"이 와서 쉰다. "나도 없고 너도 없"는 오

늘밤 '나'와 '너'는 하나가 되어 "청풍에 씻"긴 큰 바위 얼굴이 되고, '우리'는 "하늘 문"(「하룻밤의 출가」) 너머로 들어간다. 그곳에서 피 한 방울은 조명탄처럼 터져버린다. 지나온 모든 세계가 마치 "헛꿈"처럼 느껴진다. "배롱나무 위 하얀 그믐달"이 "부처 눈을 하고서/지그시"(「백담사에서」) 우리를 바라본다. 여기는 어디인가. 왜 이곳에 당도했는가. 내가 타고 온 피 한 방울은 어디로 사라졌는가. 나는 한 방울로 빚어진 사람. 한 방울에 맺힌 사랑 다시 찾을 수 없는 것인가. 시인은 우리의 손을 잡는다. "운주사 가는 길"로 이끈다. "산문을 나오는 길/단풍나무 부처 이팝꽃 부처/곤줄박이 부처 낮달 부처/부처 투성이 세상"으로 우리의 "등을 떠"(「세상으로」)민다. 이 세상 밖으로 갈 수 없다. 살고 있는 여기, 지금 속으로 우리는 되돌아온다. "빈 주머니에" "얇푸름한 달"이 들어온다. "마음 한 자락 넘겨주고" 흠집 같은, 저곳의 기억 같은 낮달이 하늘로 돌아간다. 왔다가 떠나고, 갔다가 돌아온다. 생은 윤전한다. 삶과 죽음 사이를, 만남과 이별 사이를 공혜경의 붉은 점이 이동한다. 씨방을 뚫는다. '한생'의 씨앗 하나 '톡 토독' 떨어진다. 공혜경의 시집이 돋을새김된다.

張錫原 | 시인·광운대 교수